AF496235

L'ACTRICE CHEZ ELLE,

OU

C'EST MA FEMME,

COMÉDIE-VAUDEVILLE EN UN ACTE;

PAR M. EUGÈNE,

L'un des Auteurs de Matin et Soir *et de* Stanislas.

REPRÉSENTÉE POUR LA PREMIÈRE FOIS A LYON, SUR LE THÉATRE DES CÉLESTINS, LE 14 JANVIER 1825.

RÉPERTOIRE LYONNAIS.

Prix : 1 *fr.* 25 *c.*

PARIS,

BARBA, LIBRAIRE, PALAIS ROYAL.

LYON,

CHAMBET FILS, Éditeur des TABLETTES LYONNAISES, quai des Célestins, N.º 2.

CHAMBET PÈRE, Libraire, rue Lafont, N.º 2.

1825.

PERSONNAGES.	ACTEURS.
ROSA , actrice.	Mmes EDOUARD.
Mme DE LIMEUIL.	FAIVRE.
NÉRINE. suivante de Rosa. .	BARQUI.
LE COMTE DE LIMEUIL,	MM. PRUDENT.
BLINCOUR , auteur dramatique.	LEPPEL.
ELOI , domestique de Mme de Limeuil. . . . , . .	CÉLICOURT.

La scène est à Paris, chez Rosa.

Vu au Ministère de l'Intérieur, conformément à la décision de S. Exc. en date de ce jour.

Paris, 17 décembre 1824.

Par ordre de Son Excellence :

Le Chef du Bureau des Théâtres,

Signé COUPART.

(MM. les Correspondans Dramatiques des villes où cette Pièce pourrait être jouée, sont priés de vouloir bien faire parvenir le montant des droits d'auteur à M. VALENTINI, correspondant à Lyon, en prélevant un quart pour les Directeurs qui la feront monter)

L'ACTRICE CHEZ ELLE.

Le Théâtre représente un salon très-élégant ; mais un peu en désordre.

SCÈNE PREMIÈRE

NÉRINE, *à la cantonnade.*

C'est bien ! comptez sur moi. A son réveil, je remettrai tout cela à madame. (*en scène*). Ah ! bon Dieu ! quel désordre !... on a joué toute la nuit, madame aura peut-être perdu..... voilà un mauvais moment pour lui présenter ses mémoires. Cependant je l'ai promis, et une fille d'honneur doit tenir sa parole. Voyons un peu tous ces papiers..... la modiste.... passe pour celle-là, c'est de rigueur.... 1730 fr., ce n'est pas trop cher depuis trois mois, et pour une des premières actrices de la capitale, encore !... le parfumeur, 200 fr.... c'est pour rien.... mais aussi

Air : de Julie.

> A la mode toujours fidèle,
> Chez plus d'un adroit parfumeur,
> Mainte femme, pour être belle,
> Achète aujourd'hui sa fraîcheur ;
> Mais ma maîtresse, je le jure,
> N'a pas besoin de cet expédient ;
> Elle ne doit à l'art que son talent,
> Et ses attraits à la nature (*bis*).

(*Parcourant les autres mémoires*), le bijoutier, le carossier, etc., etc., *le reste ne vaut pas l'honneur d'être nommé.* Que d'argent dépensé inutilement ! mais aussi combien ma maîtresse n'en consacre-t elle pas à rendre service ? Hier encore, cette pauvre mère de famille, qui est venue implorer sa pitié, n'a-t-elle pas obtenu toute la somme destinée à une parure nouvelle ? Elle a un si bon cœur !

Air : Il n'est pas temps de nous quitter.

> Madame, ici, sait tour-à-tour,
> Pour embellir son existence,

Partager les maux de l'amour
Et calmer ceux de l'indigence.
Jamais on ne l'implore en vain,
Lorsque l'humanité commande,
Et l'amour, seul, n'est pas certain
D'obtenir tout ce qu'il demande (*bis*).

Mais je crois l'entendre.... déjà! il n'est que onze heures et demie! elle est bien matinale aujourd'hui.

SCÈNE II.

NÉRINE, ROSA (*elle est dans un négligé très-élégant : son ton doit être gai et leger*).

ROSA.

Eh bien, Nérine! qu'y a-t-il de nouveau?... mes lettres, mes journaux, mon déjeûner....

NÉRINE.

Et vos mémoires, madame?

ROSA.

Ah! tu vas me donner la migraine..... (*Elle s'assied sur le canapé*).

NÉRINE, *approchant le guéridon.*

Voici, heureusement, le palliatif; du tilleul..... de la fleur d'orange et vos billets doux. (*Elle lui presente les lettres et les mémoires*).

ROSA, *négligemment.*

Allons... je payerai tout cela... je n'achèterai pas de nouveaux diamans; je ne jouerai plus à l'écarté, et tout sera compensé. (*Elle jette les lettres sur sa table*).

NÉRINE.

Vous ne lisez pas vos lettres, madame....

ROSA.

Qu'y verrais-je d'intéressant?... des protestations de tendresse, de fades complimens! On se lasse de tout cela bien vite, et celui qui les écrit est presque toujours aussi peu sincere, que celle qui les reçoit est souvent crédule.

(5)

NÉRINE.

Cependant, M. le comte de Limeuil...

ROSA.

Il est vrai qu'il paraît de bonne foi (*plus sérieusement*), et j'avoue que je le trouve plus dangereux..... mais puis-je oublier qu'une femme, pour être heureuse, ne doit jamais aimer sérieusement que celui qui peut lui appartenir un jour par des liens sacrés... et M. de Limeuil... (*avec gaîté*), d'ailleurs mon emploi n'est-il pas d'être coquette.

Air : *De haine aux femmes.*

Douce coquetterie ,
Pour femme un peu jolie ,
Est toujours sans danger ;
Et , puisque , dans la vie ,
Près de nous tout varie ,
Il faut aussi changer.

Soyons , parfois , un peu légère ,
Et par un amour trop sincère ,
Craignons de nous laisser charmer ;
Pour être heureuse sur la terre ,
Gardons-nous de nous enflammer :
Redoutant un lien austère ,
Une femme doit toujours plaire ,
Elle ne doit jamais aimer.
Douce coquetterie , etc.

NÉRINE.

Madame joue cependant quelquefois les ingénues.

ROSA , *gaîment.*

J'y suis moins bien .. mais, je crois entendre du bruit... voyez, Nérine.

NÉRINE.

C'est précisément M. le comte de Limeuil.

ROSA.

Fais entrer (*Nérine sort et rentre de suite en annonçant:*

NÉRINE.

M. le comte de Limeuil. *Rosa fait un signe et Nérine sort*).

SCÈNE III.

ROSA, LE COMTE DE LIMEUIL.

LE COMTE.

Déjà visible, charmante Rosa !... et, de plus, fraîche et matinale comme l'aurore.

ROSA, *riant.*

L'aurore à midi, M. le Comte....

LE COMTE.

C'est juste !... mais, à propos, ma belle amie, la fortune vous a donc encore maltraitée cette nuit ?....

ROSA, *gaîment.*

Que voulez-vous? elle est femme, et nous ne pouvons jamais être d'accord ensemble ; aussi je ne jouerai plus.

LE COMTE.

Vraiment !....

ROSA.

C'est un parti pris, et même, pour éviter les occasions, j'irai souvent à la campagne....

LE COMTE.

Oui, j'entends, les jours d'indisposition, n'est-ce pas?

Air : *On prétend qu'il parcourt le monde.*

C'est une mode assez utile
Pour protéger maint rendez-vous ,
Et vous allez dîner en ville,
Quand le public compte sur vous ;
De vos maux on le persuade,
Vous quittez Paris aussitôt....

Vous allez à Bagatelle, au bois de Boulogne... Un repas délicieux vous attend... Vous vous promenez dans le bois, la fraîcheur du soir vous fatigue, vous revenez véritablement indisposée, et nous sommes privés pendant quinze jours du plaisir de vous admirer. Ah ! croyez-moi, renoncez à ces folles parties,

Et ne soyez jamais malade,
Car le public y perdrait trop.

ROSA.

Voilà de la malice, M. le Comte ; mais croyez-vous que l'on n'éprouve pas quelquefois le besoin de se trouver seule avec soi-même, et quels que soient les succès de l'amour-propre, ils ne suffisent pas toujours.

LE COMTE, *tendrement*

Ah ! si un sentiment plus tendre pouvait vous toucher !... mais, aussi, avec tous les moyens de séduction que vous possédez, comment espérer de vous rendre sensible. Cependant, avec quel charme vous peignez le sentiment !.... on dirait que la nature, en vous comblant de tous ses dons, vous a aussi révélé tous ses secrets...... Combien votre amour-propre ne doit-il pas être flatté ?....

ROSA.

Vous pourriez vous tromper, M. le Comte.

Air : *A l'âge heureux de quatorze ans.*

Toutes ces grâces, ces talens,
D'un bonheur pur sont-ils le gage !
J'ai regretté, pendant long-temps,
Les simples plaisirs du village :
En vain je m'énorgueillirais !
De quoi donc pourrais-je être fière !
Si je loge dans un palais,
Je naquis dans une chaumière (*bis*).

LE COMTE, *avec étonnement.*

Quoi ! vous êtes née au village !...

ROSA.

Oui, vraiment, M. le Comte, et, tenez, si je vous racontais mon histoire....... je pourrais en faire un roman tout comme une autre, surtout aujourd'hui que toutes les femmes s'en mêlent.

Air : *Voilà comme tout s'arrange.*

De romans nouveaux, aujourd'hui,
Notre littérature abonde :
En quatre volumes l'ennui
Va se distiller à la ronde ;
Mainte femme à grands sentimens
S'en mêle, et, vous pouvez m'en croire :
Ces dames nous font des romans,....

LE COMTE.

Qui, quoique fort intéressans,
Le sont bien moins que leur histoire (*bis*).

ROSA.

Cela se peut; mais, quant à moi, la nature ne m'a rien donné de sentimental, et cependant mes yeux se mouillent quelquefois en songeant à mon enfance.

Air : *De l'Angelus.*

Je vis mourir tous mes parens,
Encor dans l'âge le plus tendre :
Je pleurais sans que, dans nos champs,
Personne, hélas ! voulut m'entendre!
De la ville un riche habitant
Prit soin d'adoucir ma misère ;
Il m'aima comme son enfant,
Et moi je l'aimai comme un père.

LE COMTE.

Pauvre petite...... combien votre récit m'intéresse! continuez, de grâce.

ROSA.

Ce mortel généreux me fit élever avec sa fille unique : les mêmes soins nous furent prodigués, et jusqu'à l'âge de quinze ans je fus heureuse.

LE COMTE:

Eh bien ! à cet âge-là ?.....

ROSA.

Mon bienfaiteur mourut dans nos bras. Des héritiers avides vinrent s'emparer du château ; ils emmenèrent la pauvre Cécile qui pleura beaucoup, et ils me chassèrent...

LE COMTE.

Ils vous chassèrent, les cruels !..... et que devintes-vous alors ?.....

ROSA.

De charitables voisins me recueillirent encore, et je travaillai pour vivre; mais cela me paraissait bien dur, je n'y avais pas été habituée. Cependant, lors de mon séjour au château, j'avais eu des maîtres, j'avais cultivé quelques talens, et, dans la chaumière, je chantais souvent pour adoucir mes ennuis. Un monsieur de la ville m'entendit,

(9)

Il prétendit que je pourrais faire un jour quelque chose, et m'emmena à Paris. Je débutai ; l'indulgence, la mode, le caprice peut-être m'obtinrent des succès : mon zèle fit le reste. Mais je n'ai oublié ni mon village, ni ma Cécile.

LE COMTE.

Adorable Rosa ! votre cœur est aussi parfait que vos ta-lens, et je sens que c'est pour la vie que je vous aime ; j'ose espérer que vous ne dédaignerez pas mon amour.

ROSA.

Mais si, par hasard, j'avais le malheur de vous croire, et de vous aimer un jour sérieusement, adieu mes succès dans les rôles de coquette.

LE COMTE.

Ah ! pour mon bonheur, ne le soyez plus qu'au théâtre.

ROSA, *avec abandon.*

Je serais presque tentée de vous croire.

LE COMTE.

Air : De Paul et Virginie.

Ce doux aveu qui m'enchante,
Ici fait battre mon cœur :
Ma flamme sera constante,
Je le jure sur l'honneur.
De grâce, femme charmante,
Récompensez mon ardeur.

ROSA.

Dois-je employer la rigueur.... (*bis*).

LE COMTE.

De plaisir mon ame est ravie,
Disposez, pour votre bonheur,
De ma fortune et de ma vie....

(*Il se jette à ses pieds*).

ROSA.

Je ne veux que votre cœur. (*bis*).

SCÈNE IV.

Les mêmes, BLINCOUR.

BLINCOUR, *entrant.*

Ah ! pardon ! je vous dérange...... restez, M. le Comte, restez, je vous en conjure, aux genoux de l'aimable Rosa.

J'ai justement besoin, dans mon opéra, d'une scène de déclaration : laissez - moi prendre la nature sur le fait....... ça
sera bien mieux...... je vous en prie, restez, au nom des
beaux-arts.

ROSA, *avec embarras.*

Vous êtes fou, Blincour,.... mais que venez-vous m'an-
noncer ?

BLINCOUR.

Que j'ai presque achevé cette nuit mon opéra-comique,
et que je viens réclamer l'exécution de la promesse que
vous m'avez faite d'en entendre la lecture.

ROSA.

Puisque j'ai été assez bonne pour vous le promettre, il
le faudra bien, quoique ce soit un peu effrayant un opéra-
comique !....... en trois actes surtout, dans lequel vous me
destinez, je crois, un rôle d'amoureuse, malgré moi ; car
vous savez que je ne les aime pas, et que je ne m'y crois
pas de dispositions.

LE COMTE.

Vous en avez pour tout....

BLINCOUR.

M. le Comte a raison ; quel est le genre dans lequel vous
ne puissiez pas prétendre aux plus brillans succès.

LE COMTE.

Sans doute, madame.

Air : *De Toberne.*

D'un joyeux vaudeville,
Répétant les flons flons,
Votre talent facile
Sait prendre tous les tons ;
De l'opéra-comique
Essayez-vous les chants !
Le Dieu de la musique
Sourit à vos accens ;
Et son pouvoir magique
Nous offre, en même temps,
En vous seule tous les talens. (*bis*).

ROSA.

Vous êtes d'une indulgence bien rare, ou d'une ironie
bien perfide, M. le Comte.

BLINCOUR.

Non , non....: je suis parfaitement de l'avis de monsieur:
D'ailleurs mon opéra n'est pas un opéra tout-à-fait comme
un autre. D'abord il est en vers. Ce n'est pas de l'ancien
genre, du vieux répertoire, c'est une pièce comme on les
veut aujourd'hui... à grand spectacle... une pièce qui pourrait même, au besoin, et en cas de refus , faire un petit
mélodrame assez bien conditionné ; ce qui n'empêchera
pas de chanter.

Air : De l'Opéra-comique.

J'ai mis, dans ma pièce , un tyran ,
Un niais , une jeune femme
Qui brûle , pour son tendre amant,
De la plus étonnante flamme :
J'ai de plus , pour autre agrément,
Un clair de lune magnifique.,
C'est plus qu'il n'en faut à présent
A l'opéra-comique.

ROSA.

Je suis persuadée que tout cela fera le plus grand effet,
et si vous voulez nous lire votre pièce après le dîner, avant
que je ne me rende chez le duc d'Elmar, où je dois jouer
ce soir les Deux jaloux, nous aurons le temps, car vous
savez que je dîne toujours de bonne heure.

BLINCOUR.

Je n'ai garde de l'oublier, madame. Je m'attendais que
vous seriez de cette brillante soirée, où le Duc réunira,
dit-on, les artistes les plus distingués et les curiosités les
plus piquantes.

LE COMTE.

N'admirez-vous pas, comme moi, mon cher Blincour,
le progrès que les arts de tous genres ont fait à Paris, depuis quelques années, et surtout la facilité avec laquelle
on peut aujourd'hui les réunir tous.... et, à juste prix, depuis qu'on a établi des bureaux pour cela.

Air : De Miller (Matin et Soir).

Dans nos salons , à présent c'est l'usage,
Pour divertir les nombreux invités,
De toutes parts avec soin, l'on engage
Un magasin de curiosités.

C'est le serin qu'un maître sut instruire
A contrefaire un mort dans son tombeau ;
C'est l'homme qui , du ventre , sait écrire ,
Ou le barbet qui joue au domino.

De l'éléphant on peut , à fort bon compte ,
Se régaler , si le salon est grand :
Que l'on écrive un jour à monsieur Comte ,
Pour le montrer , il arrive à l'instant.

Le chat savant et les marionettes
Pourront encore charmer votre loisir.
Que de pantins , assis sur vos banquettes ,
Coutent plus cher , et font moins de plaisir !

Naguère encore , un ventriloque habile
Suffisait seul pour faire un peu de bruit ;
Mais , aujourd'hui , l'on est plus difficile ,
Les voix du ventre ont perdu leur crédit.

Si , de Thalie arborant la bannière ,
On veut jouir des chefs-d'œuvre de l'art ,
Pour cinq cents francs , on aura du Molière :
Pour cent écus , on aura du Picard.

Préférez-vous la noble tragédie ?
Dans vos salons viendront ses favoris :
Un seul , pourtant , trompera votre envie ,
Le grand Talma sera toujours sans prix.

Pour éblouir une foule importune ,
Désirez-vous un coup-d'œil sans pareil ?
Paul vous présente un joli clair de lune ,
Pierre vous offre un lever de soleil.

L'amphytrion , pour plaire à tout le monde ,
Prodigue en vain et son temps et son or ;
Ce n'est plus lui pour qui la foule abonde ,
Pour son mérite il l'attendrait encor.

Mais , de tout voir , le curieux se pique
Et vient , chez lui , fêter de toutes parts
Les rossignols de l'opéra-comique ,
Et les tyrans de nos vieux boulevards.

ROSA.

Merci de la comparaison : elle n'est pas galante !..

BLINCOUR.

Vous savez bien que la célébrité rapproche tout.

ROSA.

Elle est donc comme la fortune.

LE COMTE.

Précisément.

Air : *De Turenne.*

Depuis long-temps la politique ,
En France, fait des ennemis :
Pour un mot , souvent on se pique ,
Quand on n'est pas du même avis.
Mais , vainement, on se brouille à la ronde ;
Tout débat cesse à l'aspect de l'argent ,
Et la fortune, enfin , est un aimant
Qui sait rapprocher tout le monde.

SCÈNE V.

Les mêmes , NÉRINE.

NÉRINE.

Madame est servie. (*Le Comte offre la main à Rosa*).

BLINCOUR , *à Nérine.*

Charmante fille !...... elle ne dit jamais que de jolies choses.... aussi je te promets.... un billet pour la première représentation de mon opéra. Entends-tu, friponne?

NÉRINE.

Merci , monsieur.

BLINCOUR.

Il n'y a pas de quoi.... va.... (*Il sort*).

SCÈNE VI.

NÉRINE , *seule.*

Son opéra...... son opéra ! il est bon là , M. Blincour....
pauvre auteur ! Réussira-t-il au moins cette fois-ci ? car,
depuis un an qu'il vient ici , voilà au moins vingt pièces
qu'il compose sans pouvoir obtenir d'autre faveur que celle
de les voir jouer ici dans le salon par madame, qui a quelquefois la complaisance de lui en répéter quelques mor-
ceaux, et que même ça n'a pas l'air d'amuser toujours... Mais
que veut ce garçon?... il a furieusement l'air d'un imbécille!

SCÈNE VII.

NÉRINE, ELOI, *regardant bêtement autour de lui.*

C'est joli tout de même ici..... j'en ai jamais tant vu, et v'là une servante qu'est ben requinquée proprement. Ils m'ont dit, là-bas, les autres grands messieurs tout galonnés, que c'était elle qui me ferait parler à sa maîtresse.... Dites-donc, mam'selle, pourrais-je t'y point.... avec vot permission, voir un brin mam'selle Rosa.

NÉRINE.

Madame est à table.... attendez.

ELOI.

Comment que vous dites-ça; madame... ah! ça, mam'selle est donc madame ?

NÉRINE, *à part.*

Que ces paysans ont l'esprit borné ! (*haut*) ne savez-vous pas, mon cher, qu'à Paris il y a des demoiselles qu'il faut toujours appeler mesdames?....

ELOI.

Ah! pardon, excuse : c'est-il de peur de se tromper?... c'est que, voyez - vous, je ne savions point encore ça, parce que cheux nous, en Normandie, du côté de Quillebœuf dont je suis né natif pour vous servir....

NÉRINE.

Merci de la préférence.

ELOI.

On n'est dame que quand on est mariée, et je suis...

NÉRINE, *à part.*

Le sot animal.

ELOI.

Mais, puisque je pouvons pas lui parler à votre demoiselle - madame, voudriez-vous bien lui remettre ce chiffon de papier.

NÉRINE.

Ce n'est pas la peine... je crois l'entendre; justement, la voici. Parlez à elle-même.

ELOI

Bien obligé.

SCÈNE VIII.

Les mêmes, ROSA.

ELOI.

Madame, pardon, excuse!...

ROSA.

Que voulez-vous, mon ami?

NÉRINE.

C'est une lettre que ce garçon est chargé de vous rendre.

ROSA, *à Eloi.*

Donnez.

ELOI; *donnant la lettre et la regardant.*

C'est ben singulier ça....

ROSA, *lisant.*

Que vois-je ? cette lettre est signée de Limeuil... quoi !
le Comte est marié, et sa femme sollicite de moi un en-
tretien particulier !.... (*à Eloi*) dites-moi, où avez – vous
laissez la personne qui vous envoie?

ELOI.

Dans sa voiture, ici tout près, mam'selle Rose.... Elle
sera ben étonnée, ma fine, quand elle saura que c'est
vous.

ROSA, *étonnée.*

Quand elle saura que c'est moi... que voulez-vous dire ?
et d'où me connaissez-vous?

ELOI.

Vous me connaissez ben aussi.

NÉRINE.

Celui-là est un peu fort par exemple !...

ELOI.

Air : *J'arrivons de not' village.*

J'arrivons de la Normandie;
C'est dans cett' belle patrie
Qu' vous avez passé, j' croi
    Comm' moi , comm' moi
Les premiers temps de votre vie.
    J'arrivons, nous v'là (*ter*).

J' me rappel' ben
Vot' doux maintien
Et vot' figur si jolie.
    Reconnaissez-moi,
    J' suis Eloi
L' fils du concierge Gros-Pierre.
    J' venons à Paris
    Voir du pays,
Avec not' dame et not' père.
J'arrivons d' la Normandie, etc., etc.

ROSA, *à part.*

Quelle surprise !...

ELOI.

Vous voyez bien, mam'selle, que je vous ai reconnue tout de suite, moi....

NÉRINE, *à part.*

Ils ont de ces mémoires au village !...

ELOI.

Il m' semble que je sens encore toutes les égratignures que je me suis faites après les arbres du pays, quand j'y montions pour vous dénicher des oiseaux.

NÉRINE, *à part.*

Il a bien l'air d'un dénicheur d'oiseaux !...

ELOI.

Et diré à présent que vous êtes devenue une grande dame, et que vous ne reconnaissez plus ce pauvre Eloi !...

ROSA, *lui tendant la main.*

Si fait, mon ami, je te reconnais.

NÉRINE.

Comment ! madame...

ROSA.

Silence ! Nérine.

ELOI.

Il paraît qu'ici les domestiques sont plus fiers que les maîtres. C'est drôle ça !

ROSA.

Pardonne au trouble que m'a causé cette lettre, et apprends-moi comment tu te trouves au service de Mad. de Limeuil.

(17)
ELOI.

Pardine ! mam'selle, c'est point étonnant. Vous ne savez
donc pas que Mad. de Limeuil et mam'selle Cécile c'est
la même personne ?

ROSA.

Est-il possible!... ma chère bienfaitrice, ma bonne Cécile.... mais poursuis.

ELOI.

Certaiuement que c'est possible, puisque ça est. Je vais
vous conter ça : quand on l'a emmenée, vous savez ben à
la mort du papa, on m'a gardé à son service, et nous
avons été nous établir dans un biau château, ben loin,
ben loin dans la Basse-Normandie, et puis, tout de suite,
on y a fait épouser un bel officier qui s'est en allé le
lendemain même de ses nôces, et, depuis ce temps-là, il
n'est plus revenu...

NÉRINE, à part.

Perdre sitôt un mari ! ça doit être dur ?....

ELOI.

Air : *J'en guette un petit de mon âge:*
En la quittant il lui dit : chèr' Cécile,
La gloire parle et je dois obéir :
Sur mon amour tu peux êtr' ben tranquille.
J'ai peur quoiqu' ça qu'il n'ait fait que mentir.

ROSA.

On doit marcher quand l'honneur le réclame,
Sans que, d'hymen, les devoirs soient trahis :
Qui fut toujours fidèle à son pays,
Peut bien, par fois, l'être à sa femme.

Mais qu'a fait la pauvre Cécile, depuis son départ ?

NÉRINE.

Oui, qu'a fait cette pauvre veuve.... par absence ?

ELOI.

Dam! elle a ben pleuré, s'est ben désolée, ben tourmentée,
ben ennuyée... ma fine c'est tout naturel; être mariée sans
mari, et pendant six ans encore ! c'est un peu long, pas
vrai?.... et puis c'est que faut dire aussi que monsieur n'y
écrivait pas souvent quand il était à l'armée de la guerre.
Enfin il lui marque, par sa dernière, qu'il en est revenu;
il y a de ça environ six mois, et au lieu de venir vite la
rejoindre et la consoler, il est resté à Paris, oùs qu'on a
dit qu'il était amoureux fou d'une comédienne. Madame

3

apprend ça, et v'là qu'all's'est mise en route pour venir
le chercher...... comme elle va donc être étonnée quand
elle saura que c'est vous !..... oh ! la pauvre chère dame,
va-t-elle être contente !...

ROSA , *rêvant.*

Mon ami, il faut me promettre de ne rien lui dire de
notre rencontre, et de l'amener ici sans qu'elle sache que
tu m'as vue.

ELOI.

Vous voulez que je n'y disions pas que c'est vous, n'est-
ce pas ?

ROSA.

Précisément. Donne-moi ta parole de faire ce que je te dis.

ELOI.

Foi de Normand , mam'zélle.

ROSA.

Nérine, reconduis ce garçon, et veille ensuite à ce que
personne n'entre dans cet appartement : tu y introduiras
Mad. de Limeuil dès qu'elle se présentera. Je n'ai pas
besoin de te recommander les plus grands égards, le plus
profond respect. Tu la prieras de m'attendre un instant.
Je ne tarderai pas à venir la joindre. (*à Eloi*) Va, mon
ami......

NÉRINE.

Il suffit, madame. (*Elle sort avec Eloi*).

<hr>

SCÈNE IX.

ROSA *seule , rêvant.*

Ainsi M. le Comte était marié, et abandonnait pour moi
sa jeune épouse, cette bonne Cécile !... et les hommes se
plaignent de notre légèreté !.... ils nous accusent de per-
fidie, tandis.... ah ! messieurs.

Air : *Je n'ai pas vu ces bosquets de lauriers.*

De ce reproche, hélas ! peu mérité,
Pourquoi souvent charger notre constance ?
Oubliez-vous que toujours la beauté
A le pouvoir de venger cette offense ;
Heureusement, pour votre honneur,
Ces sentimens sont loin des nôtres :
En vain vous trompez notre ardeur !
Celle qui vous donna son cœur,
Ne veut plus rien donner à d'autres.

Ah! les hommes, les hommes !...; et moi qui ai failli me laisser prendre à leurs déclarations !... Ce M. de Limeuil, je le voyais avec plaisir... Je l'aimais, peut-être... suis-je bien certaine encore de ne pas éprouver un regret?... Ah! quel que soit le chagrin que puisse me causer son abandon, tout doit céder au devoir et à la reconnaissance. Ne songeons donc plus qu'au bonheur de Cécile. Trop heureuse si je puis aujourd'hui l'assurer pour jamais... Elle va venir... j'ai conçu un projet... mais allons d'abord reprendre les simples habits de mon enfance, pour parler plus sûrement à son cœur. J'entends du bruit.... c'est elle sans doute.... je n'ai pas un instant à perdre (*Elle sort*)

SCÈNE X.

NÉRINE, Mad. DE LIMEUIL.

NÉRINE.

Donnez-vous la peine d'entrer, madame voudra bien se reposer et attendre un instant.... ma maîtresse ne saurait tarder, je cours la prévenir.

Mad. DE LIMEUIL.

Je vous remercie... (*Nérine sort*).

Mad. DE LIMEUIL, *regardant autour d'elle.*

Quelle démarche vais - je faire ?... j'ose venir réclamer jusqu'ici le cœur de mon époux, et le demander à celle qu'il aime ! si cette femme, aux pieds de laquelle il a porté son infidélité, repoussait mes vœux et cherchait à conserver sa foi !.... combien ma situation deviendrait pénible !... à quoi me suis-je exposée ! et dois-je me flatter de réussir.

Air : *D'une heure de mariage.*

Je vais essayer, aujourd'hui,
De ramener un infidèle ;
Mais, en me rapprochant de lui,
Déjà mon courage chancelle :
L'espoir veut en vain me charmer !
Je songe, en ma douleur amère,
Que s'il a cessé de m'aimer,
C'est que j'ai cessé de lui plaire.

Une autre femme a fait palpiter son cœur, et si cet amour a pour elle autant de charmes que pour moi, dois-je me flatter d'en obtenir le sacrifice? On m'a vanté, il est vrai, sa bonté, sa délicatesse; et ces vertus raniment mon espérance. Peut-être, pourrai - je au moins découvrir s'il

me reste quelque moyen de ramener jamais mon infi-
delle époux. Il me semble que je ne suis point coupable
de l'essayer, et cependant je tremble malgré moi... Mais
j'entends du bruit... quelle est mon émotion !...

SCÈNE XI.

Mad. DE LIMEUIL, ROSA, *dans le costume des Deux Jaloux.*

Mad. DE LIMEUIL.

Que vois-je? est-ce un songe?... quoi! c'est toi, Rose,
toi qui me ravis mon époux.

ROSA, *s'inclinant et lui prenant la main.*

Ah! ne croyez pas, madame, que je sois aussi ingrate,
aussi coupable !.... ma chère bienfaitrice ! ma généreuse
Cécile..... permettez ces doux noms à ma reconnaissance.
J'ignorais que le Comte fût votre époux... j'ignorais même
qu'il fût marié!..

Mad. DE LIMEUIL, *la relevant et l'embrassant.*

Ah! de quel poids tu soulages mon cœur !... il m'eût
été si pénible de croire à ton ingratitude !....

ROSA.

'Auriez-vous pu le penser ?....

Mad. DE LIMEUIL.

Mais si tu l'aimais !...

ROSA.

Air : *De Géline,*

De votre bonté tutélaire
J'ai su me souvenir toujours :
Vous mavez tenu lieu de mère,
Pour vous je donnerais mes jours !
Je vous dois plus que l'existence,
Et quand j'aimerais.... en ce jour,
La voix de la reconnaissance
Fait taire celle de l'amour (*bis*).

Mad. DE LIMEUIL.

Tant de générosité me touche, mais je n'en suis que
plus malheureuse.... car, enfin, si tu es assez bonne pour
me sacrifier ton attachement pour mon époux, sera-t-il
lui-même assez délicat pour imiter ton noble sacrifice !...
tu es si aimable !.... si jolie !.... combien il doit t'aimer !....

ROSA.

J'espère que cette erreur ne sera pas de longue durée.

J'ai fait, involontairement il est vrai, couler vos larmes; laissez-moi faire tous mes efforts pour les tarir..... vous n'avez pas vu, je crois, le Comte depuis six ans....

Mad. DE LIMEUIL.

Hélas ! non.... Depuis son retour à Paris, ses lettres ont même été si rares, que je crains bien qu'il ne m'ait totalement oubliée.

ROSA.

Combien il est coupable !.... mais, depuis que j'ai vécu dans le monde, j'ai pu me convaincre qu'il faut beaucoup d'indulgence avec les hommes.... ainsi il faudra bien pardonner.....

Mad. DE LIMEUIL.

Oh ! de tout mon cœur.....

ROSA.

Ils sont tous comme cela, et si l'on n'avait pas un peu de bonté.....

Air : *Vaudeville de l'Ours et le Pacha.*

Aux genoux de chaque beauté,
Empruntant un tendre langage,
Ils vont , avec témérité,
De leur amour offrir l'hommage :
Tout, souvent, sourit à leurs vœux;
Et ces messieurs, en bons apôtres,　　(*bis*).
Quand leur femme court après eux,
Courent après celles des autres (*bis*).

Mad. DE LIMEUIL.

Mais un repentir sincère efface tout., et le cœur d'une femme pardonne si facilement !.....

ROSA , *rêvant.*

Dites-moi..... M. le Comte ignore encore votre arrivée à Paris ?.....

Mad. DE LIMEUIL.

Sans doute..... ensuite. ...

ROSA , *même jeu.*

Croyez-vous qu'il puisse vous reconnaître au premier abord, ne s'attendant point surtout à vous retrouver ici ?

Mad. DE LIMEUIL.

Je ne le crois pas. Je suis bien grandie , bien changée, depuis notre mariage. D'ailleurs j'étais alors si timide et si gauche.... il m'a si peu vue....

ROSA.

Vous avez conservé cet air de candeur et de décence qui suffira, j'en suis sûre, pour le séduire encore. Laissez-moi vous présenter à lui comme une jeune personne de mes amies, que je conduis ce soir chez le Duc, et qui va débuter dans les *Amoureuses*. Le hasard nous servira peut-être. Votre vue suffira pour l'enflammer, car il m'a paru très-facile à enflammer, votre mari ; et une voix secrète me dit que nous réussirons. Vous vous nommerez Julia.

Mad. DE LIMEUIL.

Mais, sous ce nom et ce caractère supposés, si je venais, comme tu le dis, à séduire le Comte, devrais-je m'applaudir de ma victoire? car, enfin, ce ne serait plus moi qu'il aimerait, ce serait la jeune débutante; et cette idée.....

ROSA.

Rassurez-vous, madame.....

Mad. DE LIMEUIL.

Air : *d'Aristippe.*

De cet innocent stratagême
Je redoute un peu le danger,
Pour ramener l'époux que j'aime,
Faut-il prendre un air étranger?

ROSA.

De cette inconstance nouvelle
Je crains peu la témérité ;
Car, enfin, c'est être infidèle
Par excès de fidélité (*bis*).

Mad. DE LIMEUIL.

Allons, ton assurance ranime la mienne, et je m'abandonne à toi.....

SCÈNE XII.

Les précédens, NÉRINE *accourant.*

NÉRINE.

M. le comte de Limeuil et M. Blincour ont fini leur tour de promenade, et demandent si vous êtes visible?

ROSA, *à Nérine.*

Fais entrer.... (*à Mad de Limeuil, en baissant le voile qui est sur son chapeau*) du courage, madame..... songez que ce moment va décider, peut-être, du sort de votre vie, et n'oubliez pas que vous remplissez ici un rôle d'ingénue, et que vous vous nommez Julia..... je les entends.....

SCÈNE XIII.

Les précédens, LE COMTE DE LIMEUIL,
BLINCOUR.

LE COMTE, BLINCOUR, *ensemble.*

Air : *De Douvres et Calais.*
Au plaisir fidèle
J'accours vîte, mais
Quelle est cette belle
Aux si doux attraits ?

LE COMTE.

Notre bonheur passe
Ici tous nos vœux ;
Au lieu d'une grâce,
Nous en trouvons deux (*bis*).

LE COMTE, BLINCOUR, *ensemble.*

Au plaisir fidèle , etc., etc.

LE COMTE.

Vous voilà déjà , aimable Rosa , prête à aller recueillir
tous les suffrages.

ROSA.

Il est vrai que j'ai déjà mon costume.... Je porte toujours celui-ci avec un nouveau plaisir. Il me rappelle mes
quinze ans, mon beau pays (*à Cécile*) et ma jeune bienfaitrice..... mais permettez, M. le Comte, que je vous
présente une jeune dame de mes amies, qui débute ce
soir dans *les Ingénuités*..... Blincour, il faudra lui faire
des rôles.....

BLINCOUR.

Précisément j'en ai un, dans l'opéra que je vais vous
lire, qui conviendra parfaitement à madame..... De la
tenue, de la grâce, c'est bien ça..... n'est-il pas vrai, M. le
Comte, qu'il est impossible de voir une tournure plus séduisante ?

LE COMTE.

L'admiration me réduisait au silence.

Air : *Tu ne vois pas jeune imprudent.*
Près de cet objet enchanteur,
Qui ne voudrait rendre les armes !

Mais, par un aveu trop flatteur,
On craint d'offenser tant de charmes;
Et, dans un regard éloquent
Faisant passer tout son délire,
Le cœur seul peut peindre aisément,
Ce que la bouche n'ose dire.

BLINCOUR.

Charmant! M. le Comte..... délicieux, parole d'honneur..... (*à part*) surtout pour un homme qui n'en fait pas son état (*haut*) si vous voulez le permettre, j'arrangerai cela pour faire une romance..... en le délayant un peu avec quelques petits accompagnemens à la *Rossini*, c'est tout ce qu'il me faut pour une scène de déclaration superbe.....

LE COMTE.

Vous êtes malin, Blincour...... mais madame ne dit rien ?......

ROSA.

C'est qu'elle est d'une timidité....

LE COMTE.

Désespérante en honneur.... une jolie bouche doit dire de si jolies choses!... et je suis sûr que celle de madame...

ROSA, *à Mad. de Limeuil.*

Vous l'entendez; un peu de courage, de coquetterie.....
et il est à vous. (*haut*) Nérine, des sièges et de l'eau sucrée.

LE COMTE.

Oui, de l'eau sucrée, beaucoup d'eau sucrée..... c'est ce qui sauve souvent un auteur.

BLINCOUR.

Et un orateur aussi.

Air : *Bouton de rose.*

A l'eau sucrée
A recours plus d'un orateur;
Pour plaire à la foule énivrée,
Il doit bien souvent sa chaleur
A l'eau sucrée.

LE COMTE.

Il paraît que vous êtes comme les jolies femmes, il faut vous prendre par la douceur. A propos de jolies femmes...... madame qui, j'en suis sûr, est charmante, nous privera-t-elle plus long-temps du plaisir de l'admirer encore d'avantage, en conservant baissé ce voile jaloux de nos plaisirs.

Air nouveau de M. Hesse.

A travers ce léger tissu,
Notre œil avec peine s'engage ;
Quant tout ce que nous avons vu
Est d'un si séduisant présage,
On doit regretter, en ces lieux,
Qu'avec tant de soins on l'attache,
Quand chaque trait qu'il dérobe à nos yeux,
Est une grâce qu'il nous cache.

ROSA.

De ce tissu mystérieux
Pourquoi blâmer ainsi l'usage !
Parfois le soleil radieux
S'entoure d'un léger nuage ;
Il reparaît plus éclatant,
Quand ce doux voile s'évapore,
Et la beauté ne se cache un instant,
Que pour sembler plus belle encore.

LE COMTE.

Il faut bien être de votre avis, charmante Rosa. Mais je suis sûr que madame n'a pas besoin de ce nouvel attrait. (*Rosa enlève le voile*) Il me semble que j'ai vu cette figure-là quelque part.

BLINCOUR, *au Comte.*

Il paraît que M. le Comte a envie de s'enflammer !...

ROSA.

Laissons - là la galanterie, messieurs ; vous avez tous deux fait vos preuves, et occupons-nous de la pièce de monsieur. Je pense à une chose, Blincour.

Air : *Des Deux Jaloux.*

Je crois votre pièce charmante,
Mais la lir' vous fatiguerait ;
Qu' chacun, pour un rôl', se présente,
Entr' nous ça f'ra bien plus d'effet :
J' suis sûr' qu' madam' sera parfaite
En jouant la femm' du trompeur.
Quant à moi, j' ferai la coquette,
Sous votr' bon plaisir, monsieur l'auteur.

Par ce moyen, nous pourrons mieux juger de l'ensemble, et nous aurons chacun notre rôle.

BLINCOUR.

Bien pensé, j'appuie la motion. J'ai justement là tous les rôles copiés séparément. Voici celui de *l'Ingenue*, qui est une jeune épouse délaissée par un mari barbare et peu délicat... (*à Mad. de Limeuil*) Madame voudra-t-elle bien me faire l'honneur de s'en charger...

Mad. DE LIMEUIL.

Je crains, monsieur, de ne pas répondre à votre confiance, j'ai peu l'habitude de jouer la comédie...

BLINCOUR.

Nous savons bien que vous débutez, madame. (*au Comte*) hein, M. le Comte, une débutante? quel honneur pour ma pièce !...

Mad. DE LIMEUIL.

Je n'ose, en vérité.... je crains de ne pas...

BLINCOUR.

Pardonnez-moi, madame, pardonnez-moi, vous serez bien, très-bien. Que diable, je dois me connaître en ingénuités, puisque j'en fais..... Quant à vous, aimable Rosa, j'ai réfléchi à votre répugnance pour les rôles d'*Amoureuses*, et j'ai, après le dîner, arrangé un peu, en me promenant, celui de la Comtesse, cette coquette pour laquelle un époux volage trompe sa tendre et intéressante moitié... vous pourrez y déployer tous vos charmes, il est fait pour vous.

ROSA.

Le compliment est flatteur...

BLINCOUR.

Quant au mari infidèle, M. le Comte aura, je l'espère, la bonté de s'en charger. Le rôle est dans ses moyens, et avec le goût que je lui connais, je suis bien tranquille. .... Quant à moi, je serai le valet confident.... et le régisseur au besoin.... ainsi commençons. Chacun à son rôle et un peu d'attention pour nos entrées, s'il vous plaît... tâchons de bien saisir ces divers personnages : y êtes-vous... je vais frapper....

ROSA.

Mon cher régisseur, vous savez que j'ai peu de patience et que je sais votre pièce par cœur.... si nous jouions seulement une des scènes principales.

BLINCOUR.

Comme vous voudrez, cependant pour l'ensemble....

ROSA.

Vous savez que je suis un peu pressée aujourd'hui, on m'attend chez M. le Duc dans une heure : une autre fois nous répéterons généralement..... choisissons pour ce soir la scène la plus intéressante....

BLINCOUR.

Allons, soit, puisque vous me promettez bien qu'un autre jour..... en ce cas-là, prenons celle où la jeune épouse délaissée surprend son infidèle aux pieds de la Comtesse. La voici..... *Scène XI.*[e].... mettons-nous en scène, je vous prie... y êtes-vous ?...

LE COMTE.

Je ne demande pas mieux.... mais quelle folie!... quelle position pour un officier de cavalerie!....

ROSA.

Allons, M. le Comte, un peu de complaisance; (*à Cécile*) un peu de courage....

BLINCOUR.

Allons, M. le Comte, c'est vous qui êtes l'infidèle... aux genoux de madame (*désignant Rosa*), allons, à ses genoux, parbleu! sans cela pas d'illusion : la position d'ailleurs ne me paraît pas désagréable....

LE COMTE, *à part.*

Je le crois bien! et je m'y mettrai volontiers plutôt deux fois qu'une.... (*haut*) m'y voilà !...

BLINCOUR.

Bien... dessinez-vous... étudiez votre pose... c'est mieux... vous êtes dans le jardin et vous chantez un petit *duo* bien tendre, car le *duo*, voyez-vous, c'est le fond de l'opéra-comique ; mais passons ce *duo*..... ça ferait ici longueur.... la jeune femme s'avance... (*à Mad. de Limeuil*) c'est vous, madame, avancez.... et elle dit.... voyons, madame, ce qu'elle dit.... brûlons un peu, brûlons.

Mad. DE LIMEUIL.

Que vois-je! à ses genoux, je vous trouve, infidèle,
Oubliant vos sermens aux pieds d'une autre belle :
Votre cœur, sans égards, a donc trahi sa foi !
Et s'il palpite encor, ce n'est donc plus pour moi?
Ingrat ! que t'ai-je fait ! de mon amour si tendre
Etait-ce là le prix que je devais attendre !
Abjure dans mes bras une fatale erreur,
Et ne me ravis pas tout espoir de bonheur.
Par moi, de te complaire en tout temps occupée,
Ta tendresse jamais a-t-elle été trompée!
Respecte un doux lien, que toi seul as formé!
Ton cœur au repentir serait-il donc fermé!
Vois accourir vers toi celle qu'on abandonne :
Que ton cœur se repente, et mon cœur te pardonne!

BLINCOUR.

C'est parfait! madame, parfait! quelle âme! quel talent!.. à vous, M. le Comte, répondez.

LE COMTE, *à Mad. de Limeuil.*

En voyant tant d'attraits, qui ne serait heureux
D'obtenir de ta bouche un pardon généreux !
Je sens renaître en moi cette flamme, chérie,
Qui seule fit long-temps le bonheur de ma vie.
Du passé, désormais, bannis le souvenir,
Je réponds à ta foi d'un plus doux avenir.
Non, je ne serai plus ni léger, ni volage,
Cette leçon piquante a su me rendre sage,
Et gardant pour toi seule et mon cœur et ma main ;
L'amour te répondra des sermens de l'hymen.

BLINCOUR.

C'est très-bien... un peu trop de chaleur cependant pour
un mari qui reprend sa femme ; cela ne serait pas naturel,
et la nature avant tout...

LE COMTE.

Vous croyez que j'ai mis trop de feu... auprès de Madame cela est bien excusable.

BLINCOUR.

Cela est vrai, mais je vous dis ma raison ;... d'ailleurs
vous jouez la comédie, ainsi..... vous voyez, mesdames,
que M. le Comte se repent et reviendrait volontiers à sa
femme qu'il trouve charmante. Là - dessus, nous avons
composé un petit morceau d'ensemble que je crois assez
bien en situation et dont la musique n'est pas trop mal......
partons....

Mad. DE LIMEUIL.

Air : *Du canon de Krenbé.* (Quinze ans d'absence).

La plus douce espérance
Me promet le bonheur :
Quel trouble ma présence
A jeté dans son cœur !
Puisse, au gré de mon zèle,
Abjurant d'autres vœux,
Bientôt mon infidèle
Reprendre ses doux nœuds !

Ensemble.

Mad. DE LIMEUIL.

La plus douce espérance, etc.

<table>
<tr><td>LE COMTE.</td><td>ROSA.</td></tr>
<tr><td>De ta douce présence</td><td>De sa douce présence</td></tr>
<tr><td>J'espère le bonheur :</td><td>J'espère le bonheur.</td></tr>
<tr><td>A toi seule je pense ;</td><td>Quel trouble sa présence</td></tr>
<tr><td>Pardonne mon erreur !</td><td>A jeté dans son cœur !</td></tr>
<tr><td>Si, près d'une autre belle,</td><td>Si, long-temps infidèle,</td></tr>
<tr><td>J'osai porter mes vœux,</td><td>Il prodigua ses vœux,</td></tr>
<tr><td>Je te reviens fidèle</td><td>Son épouse est si belle,</td></tr>
<tr><td>Et reprends nos doux nœuds.</td><td>Qu'il reprend ses doux nœuds.</td></tr>
</table>

BLINCOUR.

Bien ! très-bien.... là - dessus la Comtesse les sépare de nouveau, et emmène la jeune épouse qui est bien tentée de sauter au cou de son mari, et de lui tout pardonner. (*à Rosa*) Eh bien ! madame, à votre rôle, emmenez.... (*Rosa et Mad. de Limeuil sortent : le Comte les regarde avec émotion*).

SCÈNE XIV.

LE COMTE, BLINCOUR.

BLINCOUR.

A nous deux, à présent, M. le séducteur...

LE COMTE.

Mon ami, il faut que je la voie

BLINCOUR, *à son rôle de valet.*

Je suis prêt, monsieur, disposez de moi.... que faut-il faire ?...

LE COMTE.

Me faire avoir une entrevue avec elle... la ramener ici.

BLINCOUR.

Comment la ramener ici !... ignorez-vous que la Comtesse furieuse de voir ses vœux trahis va la faire renfermer dans la tourelle du château ?...

LE COMTE.

Mais il n'y a pas de tourelle ici !...

BLINCOUR.

Pardonnez-moi, monsieur, il y a une tourelle et une tourelle de rigueur. Que diable ! je connais peut-être bien ma pièce...

LE COMTE.

Eh bien ! je l'enlèverai et je l'empêcherai de paraître au milieu d'un monde séducteur, où son innocence courrait tant de dangers... quel air de candeur !... de modestie !...

BLINCOUR.

Mais il n'y a pas un mot de tout cela.... vous n'y êtes plus. suivez - donc votre rôle à la lettre... *Scène XII*e... Songez qu'il faut que nous nous occupions de séduire le geolier de votre épouse, et cette vieille duègne qui va la garder, et qui, j'ose le dire, est un dragon de vertu... et de vieillesse...

LE COMTE.

Qui ça... Nérine?...

BLINCOUR.

Ah! par exemple, vous perdez la tête.... cette pauvre
Nérine! un dragon de vertu : comme vous la colomniez.....
que diable! tâchons de nous retrouver et de nous entendre
surtout, si c'est possible...

LE COMTE, *jetant le rôle.*

Quel parti prendre?...

BLINCOUR, *avec ironie.*

Je vois, monsieur, que j'avais trop compté sur votre
complaisance, et que le rôle que je vous fais jouer vous
ennuie.... je me retire....

LE COMTE.

Ah! mon cher Blincour, de grâce, ne m'abandonnez
pas.... pardonnez mon trouble involontaire, mais, je vous
le répète, il faut que je la voie... ou que je meure.

Air : *Du major Palmer.*

Sa tournure est ravissante....

BLINCOUR.

De qui voulez-vous parler!

LE COMTE.

D'honneur, c'est qu'elle est charmante...,

BLINCOUR.

Qui peut ainsi le troubler!

LE COMTE.

Quel feu brûle dans mon ame!
Sa voix résonne encor là (*montrant son cœur.*).
Ainsi, près d'une autre femme,
Jamais mon cœur ne battra.
Belle et divine inconnue
Reçois le plus doux serment!
On t'aime dès qu'on t'a vue.

BLINCOUR.

Je n'y conçois rien vraiment.
Quel excès d'amour l'enflamme!
Et quel en est donc l'objet?
Moi je m'y perds sur mon âme.
Serait-il fou tout-à-fait!
D'où vient un pareil délire
Qui le prend hors de saison!....

LE COMTE, *avec exaltation.*

Que je l'obtienne, ou j'expire.

BLINCOUR, *avec tristesse.*

Il a perdu la raison! (*ter*).

De grâce, calmez-vous, M. le Comte... et expliquez-moi... car, enfin, s'il n'est plus question de ma pièce, je ne vois pas trop ce qui peut vous inquiéter, et les difficultés que vous trouvez à voir à chaque instant la dame de toutes vos pensées, la séduisante Rosa...

LE COMTE.

Il s'agit bien de Rosa...

BLINCOUR.

Mais de qui donc s'agit-il alors ?

LE COMTE, *avec feu.*

De sa charmante amie.... dont je suis fou...: éperduement fou...

BLINCOUR.

On s'en aperçoit de reste... peste ! comme ces ingénuités font du ravage !... Mais attendez donc, voilà un incident qui pourrait peut-être entrer dans ma pièce... Oh! non, non... j'aime mieux le garder pour une autre... ça peut faire un fort joli sujet pour trois actes.... il y a bien des opéras aussi longs et dont l'intrigue n'est pas aussi intéressante... c'est dramatique tout cela, ou le diable m'emporte...

LE COMTE.

De grâce, Blincour, cessez de plaisanter et servez-moi...

BLINCOUR.

De tout mon cœur... mais c'est que je me vois fort embarrassé... ma position est vraiment épineuse... Vous aimez Rosa.... Rosa vous aime.... Elle écoute mes pièces avec plaisir.... elle doit même les jouer... on dîne parfaitement chez elle... et définitivement je ne puis trahir sa confiance, en vous aidant à la tromper...

LE COMTE.

Mon cher Blincour, vous me désespérez... Songez que je n'ai pas un instant à perdre.

BLINCOUR.

Non, M. le Comte, non, toutes réflexions faites, je ne puis trahir cette aimable Rosa... mais, qu'entends-je !... Dieu! comme c'est heureux pour vous! la jeune personne s'avance toute seule.... l'amour vous favorise, je ne serai pas plus sévère que lui, et je veux bien vous faire répéter avec elle ma belle scène de déclaration; c'est du pathétique... cela peut vous servir beaucoup, et ça ne peut pas me compromettre...

SCÈNE XV.

Les mêmes, Mad. DE LIMEUIL.

BLINCOUR.

Approchez sans crainte, charmante inconnue... j'ose encore compter sur votre complaisance, et voici ma scène avec monsieur.....

LE COMTE, *avec feu.*

Croyez-vous que je vais m'amuser à répéter vos froides déclarations, tandis que je brûle d'un amour dont je puis à peine contenir la violence.... mon cœur seul me dictera les expressions....

BLINCOUR.

A votre aise, M. le Comte (*à part*). Je suis sûr qu'il va dire quelque bêtise... Comme il s'échauffe! et cette pauvre Rosa qui ne se doute de rien....

LE COMTE.

Aimable Julia, daignez m'entendre, et ne repoussez pas l'aveu d'un sentiment que vos grâces, votre air de candeur ont fait naître, et qui, je le sens, fera le bonheur de ma vie si vous daignez....

Mad. DE LIMEUIL.

Quand je pourrais, monsieur, ajouter foi à la sincérité d'un sentiment si promptement allumé, je ne pourrais y répondre....

LE COMTE.

Quel motif assez puissant?

Mad. DE LIMEUIL.

Un obstacle insurmontable...

LE COMTE.

Lequel, enfin, madame?

Mad. DE LIMEUIL, *avec dignité.*

Je suis mariée, monsieur....

LE COMTE, *avec feu.*

Mariée, mariée!....

BLINCOUR, *à part.*

Je ne m'attendais pas à celui-là. Peste! quelle débutante!... mais je vais prendre la nature sur le fait. (*Il s'assied à la table et se met à écrire*).

LE COMTE.

Eh bien, adorable Julia, si vous devez m'interdire toute espérance, laissez-moi du moins devenir votre ami, votre protecteur.....

(33)
BLINCOUR, *à part.*

Son protecteur..... encore une de séduite !

LE COMTE.

Et vous prier de ne point paraître ce soir à la fête du
Duc..... mariée! mariée!.... mais comment votre époux
peut-il laisser tant de charmes exposés à toutes les séduc‑
tions du monde !...

BLINCOUR, *à part.*

Cela s'est vu quelquefois et surtout cette année.

Mad. DE LIMEUIL.

Depuis long-temps mon mari s'est séparé de moi, et le
plus cruel abandon....

LE COMTE.

Le malheureux !...

Mad. DE LIMEUIL.

Air : Patrie, honneur.

De notre hymen, oubliant les doux nœuds,
Il a trahi ma tendresse et mon zèle,
Mais, loin de moi, s'il pouvait être heureux,
J'excuserais l'erreur d'un infidèle.
J'avais juré de faire son bonheur,
Et ce serment est sacré pour mon cœur. *(bis)*

BLINCOUR, *à part.*

Que son mari compte là-dessus !

LE COMTE.

Quel ange de perfection !... *(haut)* Non, madame, je
ne puis croire qu'il éprouve de l'indifférence pour vous,
cela me paraît impossible !... Pourrait-il méconnaître à ce
point son bonheur!.. Mais je vais prier votre amie de m'ai‑
der à obtenir une confiance que j'ose implorer à vos pieds.
(Il s'y met).

Mad. DE LIMEUIL.

Je suis sauvée !...

~~~~~~~~~~~~~~~~~~~~~~~~~~~~~~~~~~~~~~~

SCÈNE XVI.

Les mêmes, ROSA.

ROSA.

Ne vous dérangez pas, M. le Comte, je vous prie...

LE COMTE, *courant au-devant d'elle.*

Ah! pardon... mais vous voici bien à propos... adorable
Rosa.... j'attends tout de vous.... je connais votre esprit,
votre bonté et...
~~~~~~~~~~~~~~~~~~~~~~~~~~~~~~~~~~~~~~~

(34)

ROSA.

Mon indulgence, n'est-ce pas ?... Voyons, que voulez-vous ?

LE COMTE.

Que vous décidiez votre jeune amie à ne pas embrasser la carrière du théâtre, si dangereuse quand on a tant de charmes et d'innocence.

ROSA, souriant.

La réflexion n'est pas très-galante...., mais je veux bien l'oublier, et vous prouver, M. le Comte, qu'on peut trouver une actrice délicate, sincère, et surtout reconnaissante; votre remarque d'ailleurs n'est pas tout-à-fait injuste...

Air :.

Oui la carrière du théâtre,
A la jeunesse offre un glissant écueil;
Car près de nous une foule idolâtre
Implore, en vain, un sourire, un coup d'œil;
Mais aux vertus plus d'un talent se mêle,
Et pour bien peindre un noble sentiment,
Quand les auteurs nous prêtent leur talent,
Nos cœurs seuls prêtent le modèle.

Ainsi, M. le Comte...

LE COMTE.

Que vous me comprendriez mal, Rosa, si vous pouviez croire....

ROSA.

Je n'ai pas de rancune, et pour vous le prouver, je viens réclamer de vous, pour mon amie, un service important. Voici une lettre qu'elle adresse à son mari. C'est un mauvais sujet ! il est de votre connaissance ; tâchez de la lui faire parvenir promptement et d'en obtenir une réponse....

LE COMTE.

Trop heureux de pouvoir être utile à Madame. Je tâcherai de la remettre moi-même... (il prend la lettre) Ciel ! à mon adresse ! Que signifie !... Ciel ! l'écriture de ma femme !.. qui êtes-vous, Madame ?...

ROSA.

La charmante et bonne Cécile, votre épouse.

Mad. DE LIMEUIL.

Devais-je, hélas ! m'attendre à être ainsi méconnue !..

LE COMTE.

Ma chère femme,... ah ! Madame, comment ne l'ai-je pas deviné au trouble de mon cœur ! Il n'y avait vraiment.

que vous capable de m'enflammer à ce point. (*à part*) Je suis joué !...

ROSA.

Elle *est* ma bienfaitrice , M. le Comte, je lui dois....

Mad. DE LIMEUIL *embrassant Rosa.*

Ne parlons plus de cela.. tu m'as rendu le cœur de mon époux, c'est moi qui te dois quelque chose. J'ai reçu au centuple le peu de bien que j'ai pu te faire...

ROSA.

Croyez-moi, M. le Comte , j'éprouve en ce moment une joie, un bonheur que ne m'ont jamais causé les plaisirs et les jouissances du monde.

BLINCOUR *se levant.*

Je viens de composer ma pièce, je ne suis plus embarrassé que du dénouement... J'en suis resté au moment où la jeune personne déclare son mariage. Maintenant qu'est-ce que tout cela va devenir... quel rôle jouera Madame?..

Mad. DE LIMEUIL.

Celui d'une véritable amie.... ceux-là sont plus communs au théâtre que dans le monde.... M. Blincour, vous voyez mon époux qu'elle m'a aidée à ramener, et qui, je l'espère, ne me quittera plus.

LE COMTE.

Oh jamais !....

BLINCOUR.

C'est exemplaire !... comment ! M. le Comte était marié !.... pardon , Monsieur.... mais voici un événement qui met de la complication et beaucoup d'intérêt dans tout ceci.... Si je puis trouver un bon compositeur qui me fasse de suite un peu de bonne musique , cela ira loin....

ROSA *riant.*

Si cela va!.,...

SCÈNE XVII.ᵉ ET DERNIÈRE.

Les mêmes ; à gauche , NÉRINE ; à droite , ELOI, le fouet à la main.

ELOI.

Madame , la voiture est toute prête : si vous voulez partir. (*à part*) Tiens, ils sont rapapillotés , c'est bon ça !..

NÉRINE.

On n'attend plus que Madame chez M. le Duc ; son équipage est à la porte.

ROSA.

Allons, vous le voyez, il faut nous séparer, mais nous nous reverrons bientôt, je l'espère. Quant à vous, mes amis, oubliez, si vous le voulez, Rosa au milieu des pompes du monde et du théâtre, mais souvenez-vous quelquefois de l'Actrice chez elle.

VAUDEVILLE FINAL.

Air : *Nous avons un pont élégant.*

Mad. DE LIMEUIL.

Combien ai-je vu de maris,
Au bout d'un mois de mariage   *(Bis.)*
D'une autre belle très-épris,
Quitter leur femme et leur ménage !
L'un d'eux répondait aux railleurs :
Je puis et dois être infidèle,
Car le plaisir m'attend ailleurs,
Quand ma femme m'attend chez elle.   *(Bis.)*

LE COMTE.

La gloire fut de tous les temps
Des Français l'idole chérie ;   *(Bis.)*
Pour la conquérir, que de gens
Ont souvent exposé leur vie !
Grace à nos arts, à nos exploits,
Nous avons fixé l'immortelle :
L'étranger la vit quelquefois,
En France, seule, elle est chez elle.   *(Bis.)*

ROSA.

J'ai d'un ami, plus d'une fois,
Rencontré la femme jolie,   *(Bis.)*
Dont le frais et piquant minois
Peint la douceur, la modestie :
J'admirais leur douce union,
Mais de plus près j'ai vu la belle...
C'est un ange, dans un salon,
Mais c'est un vrai démon chez elle.   *(Bis.)*

BLINCOUR, *au public.*

Au théatre l'on voit briller
Plus d'un actrice qu'on renomme,   *(Bis.)*
Mais qui consigne, à son portier,
Les visites dont on l'assomme.
Venez la voir, quand vous voudrez,
La nôtre sera moins cruelle ;
Vous êtes sûrs, quand vous viendrez,
De la trouver toujours chez elle.   *(Bis.)*

FIN.

LYON, IMPRIMERIE DE BRUNET.